LE CHAT
AU CHAPEAU

RANDOM HOUSE NEW YORK

par le Dr. Seuss

Traduit de l'anglais par Jean Vallier

Published in the United States by Random House Children's Books, a division of Random House, Inc., New York.

This dual-language edition was originally published in 1967 by Random House Children's Books, a division of Random House, Inc.

Visit us on the Web! www.randomhouse.com/kids
www.seussville.com

Educators and librarians, for a variety of teaching tools, visit us at www.randomhouse.com/teachers

Library of Congress Cataloging-in-Publication Data
Seuss, Dr.
[Cat in the hat. French & English]
The cat in the hat = Le chat au chapeau : in English and French / par le Dr. Seuss ; traduit de l'anglais par Jean Vallier.
        p. cm. — (Beginner books)
Summary: A zany but well-meaning cat brings a cheerful, exotic, and exuberant form of chaos to a household of two young children one rainy day while their mother is out.
ISBN 978-0-394-80171-1 (trade) — ISBN 978-0-394-90171-8 (lib. bdg.)
[1. Cats—Fiction. 2. Stories in rhyme.
3. French language materials—Bilingual.]
I. Vallier, Jean. II. Title. III. Title: Chat au chapeau.
PZ24.3.S48 2009 [E]—dc22 2008007511

Printed in the United States of America
11 10 9 8 7 6 5

Le soleil ne brillait pas,
Et c'était trop mouillé pour aller jouer.
Alors nous sommes restés assis à la maison
Pendant toute cette journée froide et humide.

The sun did not shine.
It was too wet to play.
So we sat in the house
All that cold, cold, wet day.

Je suis resté assis là avec Sally.
Nous sommes restés assis là, tous les deux.
Et j'ai dit, "Comme j'aimerais
Que nous ayons quelque chose à faire!"

Trop mouillé pour sortir
Et trop froid pour jouer au ballon.
Alors nous sommes restés assis à la maison,
Sans rien faire du tout.

I sat there with Sally.
We sat there, we two.
And I said, "How I wish
We had something to do!"

Too wet to go out
And too cold to play ball.
So we sat in the house.
We did nothing at all.

Donc tout ce que nous pouvions faire c'était
Rester
    assis!
       assis!
         assis!
Et nous n'aimions pas ça.
Pas du tout, du tout.

           So all we could do was to
           Sit!
             Sit!
               Sit!
                 Sit!
           And we did not like it.
           Not one little bit.

A ce moment
Quelque chose a fait BANG!
Et comme ce bang nous a fait sursauter!

And then
Something went BUMP!
How that bump made us jump!

Nous avons regardé,
Et, sur le paillasson nous l'avons vu poser le pied!
Nous avons regardé
Et nous l'avons vu,
Le Chat au Chapeau!
Et il nous a dit,
"Pourquoi restez-vous là, assis comme ça?"

We looked!
Then we saw him step in on the mat!
We looked!
And we saw him!
The Cat in the Hat!
And he said to us,
"Why do you sit there like that?"

"Je sais que c'est mouillé
Et que le soleil ne veut pas briller.
Mais on peut avoir des tas d'amusements
Qui soient amusants!"

"I know it is wet
And the sun is not sunny.
But we can have
Lots of good fun that is funny!"

9

"Je connais quelques jeux intéressants
Auxquels on pourrait jouer," dit le chat.
"Je sais quelques tours nouveaux,"
Dit le Chat au Chapeau.
"Un tas de bons tours.
Je vous les montrerai.
Votre mère
N'y verra rien à redire si je vous les montre."

"I know some good games we could play,"
Said the cat.
"I know some new tricks,"
Said the Cat in the Hat.
"A lot of good tricks.
I will show them to you.
Your mother
Will not mind at all if I do."

Alors Sally et moi
Nous n'avons su que dire.
Notre mère était partie de la maison
Pour la journée.

Then Sally and I
Did not know what to say.
Our mother was out of the house
For the day.

Mais notre poisson a dit, "Non! Non!
Faites-moi partir ce chat!
Dites à ce Chat au Chapeau
Que vous ne voulez pas jouer.
Il ne devrait pas être ici.
Il ne devrait pas être aux environs.
Il ne devrait pas être ici
Quand votre mère est partie!"

But our fish said, "No! No!
Make that cat go away!
Tell that Cat in the Hat
You do NOT want to play.
He should not be here.
He should not be about.
He should not be here
When your mother is out!"

13

"Là! Là! N'ayez pas peur,
N'ayez pas peur!" dit le chat.
"Mes tours ne font rien de mal,"
Dit le Chat au Chapeau.
"On pourra bien s'amuser
Si vous voulez,
Avec un jeu que j'appelle
A poisson perché!"

"Now! Now! Have no fear.
Have no fear!" said the cat.
"My tricks are not bad,"
Said the Cat in the Hat.
"Why, we can have
Lots of good fun, if you wish,
With a game that I call
UP-UP-UP with a fish!"

"Descends-moi de là!" dit le poisson.
"Ceci n'est pas drôle du tout!
Descends-moi de là!" dit le poisson.
"Je n'ai pas envie de tomber!"

"Put me down!" said the fish.
"This is no fun at all!
Put me down!" said the fish.
"I do NOT wish to fall!"

"N'aies pas peur!" dit le chat.
"Je ne te laisserai pas tomber.
Je te tiendrai tout là-haut
Tout en me tenant perché sur un ballon,
Avec un livre sur une main
Et une tasse sur mon chapeau!
Mais ce n'est pas tout ce que je sais faire!"
Dit le chat . . .

"Have no fear!" said the cat.
"I will not let you fall.
I will hold you up high
As I stand on a ball.
With a book on one hand!
And a cup on my hat!
But that is not ALL I can do!"
Said the cat . . .

"Regardez-moi!
Regardez-moi maintenant!" dit le chat.
"Avec une tasse et un gâteau
A la cime de mon chapeau!
Je peux porter deux livres!
Je peux porter le poisson!
Et un petit bateau!
Et du lait sur un plateau!
Et regardez!
Je peux sauter
A cloche-pied sur le ballon!
Mais ce n'est pas tout!
Oh, non.
Ce n'est pas tout . . .

"Look at me!
Look at me now!" said the cat.
"With a cup and a cake
On the top of my hat!
I can hold up TWO books!
I can hold up the fish!
And a little toy ship!
And some milk on a dish!
And look!
I can hop up and down on the ball!
But that is not all!
Oh, no.
That is not all . . .

"Regardez-moi!
Regardez-moi!
Regardez-moi maintenant!
C'est amusant de s'amuser
Mais il faut savoir comment faire.
Je peux porter la tasse,
Et le lait, et le gâteau!
Je peux porter ces livres!
Et le poisson sur un râteau!
Je peux porter le petit bateau
Et un petit bonhomme!
Et regardez! Avec ma queue
Je peux tenir un éventail rouge!
Je peux m'éventer avec l'éventail
Tout en sautant à cloche-pied sur le ballon!
Mais ce n'est pas tout.
Oh, non.
Ce n'est pas tout. . . ."

"Look at me!
Look at me!
Look at me NOW!
It is fun to have fun
But you have to know how.
I can hold up the cup
And the milk and the cake!
I can hold up these books!
And the fish on a rake!
I can hold the toy ship
And a little toy man!
And look! With my tail
I can hold a red fan!
I can fan with the fan
As I hop on the ball!
But that is not all.
Oh, no.
That is not all. . . ."

C'est ce que le chat a dit . . .
Mais alors il est tombé sur la tête!
Du haut du ballon
Avec un grand "Boum!"
Et Sally et moi,
Nous avons vu tout l'attirail tomber!

That is what the cat said . . .
Then he fell on his head!
He came down with a bump
From up there on the ball.
And Sally and I,
We saw ALL the things fall!

Et notre poisson aussi est tombé avec.
Il est tombé dans une cafetière!
Il a dit, "Est-ce que j'aime ça?
Oh, non! Je n'aime pas ça.
Ce n'est pas un jeu intéressant,"
A dit notre poisson en atterrissant.
"Non, je n'aime pas ça,
Pas du tout, du tout!"

And our fish came down, too.
He fell into a pot!
He said, "Do I like this?
Oh, no! I do not.
This is not a good game,"
Said our fish as he lit.
"No, I do not like it,
Not one little bit!"

"Regarde ce que tu as fait maintenant!"
Dit le poisson au chat.
"Regarde cette maison maintenant!
Regarde ça! Regarde ça!
Tu as coulé notre petit bateau,
Tu l'as coulé au milieu du gâteau.
Tu as ébranlé notre maison
Et tordu notre râteau neuf.
Tu ne devrais pas être là
Quand notre mère n'y est pas.
Sors de cette maison!"
Dit le poisson dans la cafetière.

"Now look what you did!"
Said the fish to the cat.
"Now look at this house!
Look at this! Look at that!
You sank our toy ship,
Sank it deep in the cake.
You shook up our house
And you bent our new rake.
You SHOULD NOT be here
When our mother is not.
You get out of this house!"
Said the fish in the pot.

"Mais moi j'aime bien être là.
Oh oui, j'aime beaucoup ça!"
Dit le Chat au Chapeau
Au poisson dans la cafetière.
"Je ne partirai pas.
Je ne veux pas partir!
Et donc," dit le Chat au Chapeau,
"Donc
      donc
            donc . . .
Je vais vous montrer
Un autre jeu que je connais!"

"But I like to be here.
Oh, I like it a lot!"
Said the Cat in the Hat
To the fish in the pot.
"I will NOT go away.
I do NOT wish to go!
And so," said the Cat in the Hat,
"So
      so
            so . . .
I will show you
Another good game that I know!"

Et alors il a couru dehors.
Et, alors, rapide comme un renard,
Le Chat au Chapeau
Est revenu avec une boîte.

And then he ran out.
And, then, fast as a fox,
The Cat in the Hat
Came back in with a box.

Une grande boîte rouge, en bois.
Elle était fermée avec un crochet.
"Et maintenant regardez ce tour,"
Dit le chat.
"Regardez bien!"

A big red wood box.
It was shut with a hook.
"Now look at this trick,"
Said the cat.
"Take a look!"

31

Alors il a grimpé dessus
En saluant avec son chapeau.
"J'appelle ce jeu AMUSEMENT EN BOITE,"
Dit le chat.
"Dans cette boîte il y a deux choses
Que je vais vous montrer maintenant.
Vous aimerez ces deux choses,"
Dit le chat avec une révérence.

Then he got up on top
With a tip of his hat.
"I call this game FUN-IN-A-BOX,"
Said the cat.
"In this box are two things
I will show to you now.
You will like these two things,"
Said the cat with a bow.

"Je vais enlever le crochet
Et vous verrez quelque chose de nouveau.
Deux choses. Et je les appelle
Chose Une et Chose Deux.
Ces Choses ne vous mordrons pas.
Elles veulent s'amuser!"
Alors, hors de la boîte
Sont sorties Chose Deux et Chose Une!
Et elles ont couru vers nous, vite.
Elles ont dit, "Comment allez-vous?
Voudriez-vous serrer la main
A Chose Une et Chose Deux?"

"I will pick up the hook.
You will see something new.
Two things. And I call them
Thing One and Thing Two.
These Things will not bite you.
They want to have fun."
Then, out of the box
Came Thing Two and Thing One!
And they ran to us fast.
They said, "How do you do?
Would you like to shake hands
With Thing One and Thing Two?"

Et Sally et moi
Nous ne savions que faire.
Il a donc fallu serrer la main
A Chose Une et Chose Deux.
Nous leur avons serré la main à toutes deux.
Mais notre poisson a dit, "Non! Non!
Ces Choses-là ne devraient pas être
Dans cette maison! Faites-les partir!

And Sally and I
Did not know what to do.
So we had to shake hands
With Thing One and Thing Two.
We shook their two hands.
But our fish said, "No! No!
Those Things should not be
In this house! Make them go!

"Elles ne devraient pas être là
Quand votre mère n'y est pas!
Mettez-les dehors! Mettez-les dehors!"
Dit le poisson dans la cafetière.

"They should not be here
When your mother is not!
Put them out! Put them out!"
Said the fish in the pot.

"N'aies pas peur, petit poisson,"
Dit le Chat au Chapeau.
"Ces Choses sont de gentilles choses."
Et il leur a donné une caresse.
"Elles sont apprivoisées. Oh, si apprivoisées!
Elles sont venues pour jouer.
Elles vous amuseront un peu
Par ce jour si, si mouillé."

"Have no fear, little fish,"
Said the Cat in the Hat.
"These Things are good Things."
And he gave them a pat.
"They are tame. Oh, so tame!
They have come here to play.
They will give you some fun
On this wet, wet, wet day."

"Voilà maintenant un jeu qu'elles aiment,"
Dit le chat.
"Elles aiment lancer des cerfs-volants,"
Dit le Chat au Chapeau.

"Now, here is a game that they like,"
Said the cat.
"They like to fly kites,"
Said the Cat in the Hat.

"Non! pas dans la maison!"
Dit le poisson dans la cafetière.
"Elles ne devraient pas lancer des cerfs-volants
Dans une maison! Elles ne devraient pas.
Oh, les choses qu'elles vont buter!
Oh, les choses qu'elles vont cogner!
Oh, je n'aime pas ça!
Pas du tout, du tout!"

"No! Not in the house!"
Said the fish in the pot.
"They should not fly kites
In a house! They should not.
Oh, the things they will bump!
Oh, the things they will hit!
Oh, I do not like it!
Not one little bit!"

Alors Sally et moi
Nous les avons vues courir le long du couloir.
Nous avons vu ces deux Choses
Cogner leurs cerfs-volants au mur!
Bang! Pang! Pang! Bang!
Le long du mur dans le couloir.

Then Sally and I
Saw them run down the hall.
We saw those two Things
Bump their kites on the wall!
Bump! Thump! Thump! Bump!
Down the wall in the hall.

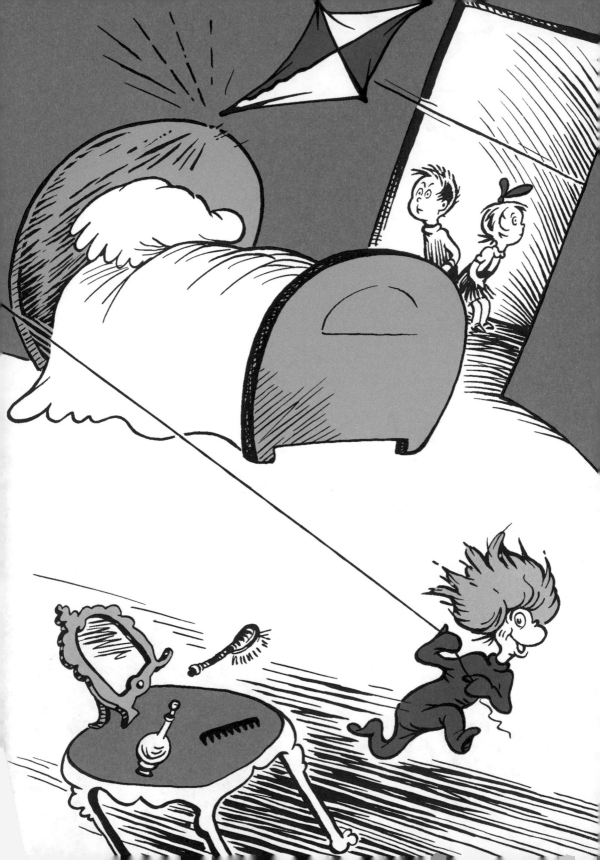

Chose Deux et Chose Une!
Elles ont couru en haut! Elles ont couru en bas!
Sur la ficelle d'un cerf-volant
Nous avons vu la robe neuve de Maman!
Sa robe à pois,
A pois roses, blancs et rouges.
Et puis nous avons vu un cerf-volant buter
Contre la tête de son lit!

Thing Two and Thing One!
They ran up! They ran down!
On the string of one kite
We saw Mother's new gown!
Her gown with the dots
That are pink, white and red.
Then we saw one kite bump
On the head of her bed!

Et puis ces Choses ont couru à travers la maison
En cognant, sautant, bousculant,
Avec des "Hop!" et des "Boum!"
Et toutes sortes de mauvaises plaisanteries.
Et j'ai dit,
"Je n'aime pas la façon dont elles jouent!
Si Maman voyait ça,
Oh, qu'est-ce qu'elle dirait!"

Then those Things ran about
With big bumps, jumps and kicks
And with hops and big thumps
And all kinds of bad tricks.
And I said,
"I do NOT like the way that they play!
If Mother could see this,
Oh, what would she say!"

A ce moment notre poisson a dit,
"REGARDEZ! REGARDEZ!"
Et notre poisson était tremblant de peur.
"Votre mère est en route vers la maison!
Est-ce que vous entendez?
Oh, qu'est-ce qu'elle va nous faire?
Qu'est-ce qu'elle va dire?
Oh, elle ne va pas aimer ça;
Nous trouver comme ça!"

Then our fish said, "LOOK! LOOK!"
And our fish shook with fear.
"Your mother is on her way home!
Do you hear?
Oh, what will she do to us?
What will she say?
Oh, she will not like it
To find us this way!"

"Faites donc quelque chose! Vite!" dit le poisson.
"Vous entendez!
Je l'ai vue. Votre mère!
Votre mère est tout près!
Aussi, pensez à faire quelque chose
Aussi vite que vous pouvez!
Il faut vous débarrasser
De Chose Une et Chose Deux!"

"So, DO something! Fast!" said the fish.
"Do you hear!
I saw her. Your mother!
Your mother is near!
So, as fast as you can,
Think of something to do!
You will have to get rid of
Thing One and Thing Two!"

Donc, aussi vite que j'ai pu,
Je suis allé chercher mon filet
Et j'ai dit, "Avec mon filet
Je peux les attraper je parie.
Je parie qu'avec mon filet,
Je peux encore attraper ces Choses!"

So, as fast as I could,
I went after my net.
And I said, "With my net
I can get them I bet.
I bet, with my net,
I can get those Things yet!"

Alors j'ai abattu mon filet.
Il est tombé avec un Ploc!
Et je les ai eues! Enfin!
Ces deux Choses ont dû s'arrêter.
Alors j'ai dit au chat,
"Maintenant fais ce que je te dis.
Emballe-moi ces Choses
Et emmène-les!"

Then I let down my net.
It came down with a PLOP!
And I had them! At last!
Those two Things had to stop.
Then I said to the cat,
"Now you do as I say.
You pack up those Things
And you take them away!"

PLOP

"Oh pauvre!" dit le chat.
"Tu n'as pas aimé notre jeu . . .
Pauvre!
   Quel dommage!
      Quel dommage!
         Quel dommage!"

"Oh dear!" said the cat.
"You did not like our game . . .
Oh dear.
   What a shame!
      What a shame!
         What a shame!"

55

Alors le chat a enfermé les Choses
Dans la boîte, avec le crochet.
Et il s'en est allé
Avec une triste mine.

Then he shut up the Things
In the box with the hook.
And the cat went away
With a sad kind of look.

"C'est bien," a dit le poisson.
"Il s'en est allé. Oui.
Mais votre mère va venir.
Elle va trouver ce grand désordre!
Et ce désordre est si grand
Et si profond et si haut,
Que nous ne pouvons pas tout ramasser.
Il n'y a pas moyen du tout!"

"That is good," said the fish.
"He has gone away. Yes.
But your mother will come.
She will find this big mess!
And this mess is so big
And so deep and so tall,
We can not pick it up.
There is no way at all!"

Et ALORS!
Qui était de retour à la maison?
Mais, le chat!
"N'ayez pas peur de ce désordre,"
Dit le Chat au Chapeau.
"Je ramasse toujours tous mes jouets.
Et donc . . .
Je vais vous montrer un autre
Bon tour que je connais!"

And THEN!
Who was back in the house?
Why, the cat!
"Have no fear of this mess,"
Said the Cat in the Hat.
"I always pick up all my playthings
And so . . .
I will show you another
Good trick that I know!"

Alors nous l'avons vu ramasser
Toutes les choses qui étaient par terre.
Il a ramassé le gâteau,
Et le râteau, et la robe,
Et le lait, et les ficelles,
Et les livres, et le plat,
Et l'éventail, et la tasse,
Et le bateau, et le poisson.
Et il les a rangés.
Alors il a dit, "Voilà qui est fait!"
Et puis le voilà parti
Avec un salut du chapeau.

Then we saw him pick up
All the things that were down.
He picked up the cake,
And the rake, and the gown,
And the milk, and the strings,
And the books, and the dish,
And the fan, and the cup,
And the ship, and the fish.
And he put them away.
Then he said, "That is that."
And then he was gone
With a tip of his hat.

Alors notre mère est entrée
Et elle nous a dit,
"Est-ce que vous vous êtes bien amusés?
Dites-moi. Qu'avez-vous fait?"

Et Sally et moi nous ne savions pas
Que lui dire.
Allions-nous lui raconter
Tout ce qui était arrivé ce jour là?

Then our mother came in
And she said to us two,
"Did you have any fun?
Tell me. What did you do?"

And Sally and I did not know
What to say.
Should we tell her
The things that went on there that day?

Allions-nous tout lui raconter?
Qu'allions-nous faire maintenant?
Eh bien . . .
Qu'est-ce que vous feriez
Si votre mère vous le demandait?

Should we tell her about it?
Now, what SHOULD we do?
Well . . .
What would YOU do
If your mother asked YOU?